ALFRED DESCARRIES

Il y a des gens qui voudraient qu'un auteur ne parlât jamais des choses dont les autres ont parlé ; autrement, on l'accuse de ne rien dire de nouveau. Mais, si les matières qu'il traite ne sont pas nouvelles, la disposition en est nouvelle.
Que faut-il de plus ?

PASCAL.

HEURES POÉTIQUES

Recueil de Poésies Canadiennnes

1907

Heures Poétiques

ALFRED DESCARRIES

Il y a des gens qui voudraient qu'un auteur ne parlât jamais des choses dont les autres ont parlé ; autrement, on l'accuse de ne rien dire de nouveau. Mais, si les matières qu'il traite ne sont pas nouvelles, la disposition en est nouvelle.

Que faut-il de plus ?

PASCAL.

HEURES POÉTIQUES

RECUEIL DE POÉSIES CANADIENNES

1907

IMPRIMERIE
A. & N. PELLETIER
61, St-Jacques,
Montréal.

Dédié a

L'École Littéraire
de Montréal.

Au Lecteur

Ce n'est pas sans certaines appréhensions que je présente au lecteur mon premier volume de vers. Mon inexpérience, le peu de loisirs dont j'ai pu bénéficier pour ce travail, sont autant de raisons me portant à douter de la valeur de l'œuvre que j'ai voulu simplement ajouter à la liste peut-être trop courte de nos ouvrages de poésie canadienne.

Ne m'appliquant à aucun genre défini, j'ai laissé vagabonder ma pensée au gré de l'inspiration, et le lecteur trouvera dans ce livre différents genres de vers qui le rendant varié et partant, moins monotone, me donneront, j'ose l'espérer, un peu de mérite à ses yeux.

Pour celui qui connait les difficultés à vaincre, le peu d'encouragement dont les lettres jouissent en ce pays—qu'on veuille bien me permettre cette remarque,—il comprendra mon but et aura quelque sympathie pour un poète de vingt-trois ans, un jeune de "chez-nous," dont la seule ambition est de travailler au progrès de la littérature de son pays.

Ma besogne quotidienne étant assez aride, me laissant peu de loisirs, j'ai cru cependant devoir les appliquer à un effort intellectuel sérieux, à mes "heures poétiques," donner libre cours à mes aspirations, et avoir droit de ce fait à l'intérêt du lecteur.

Partant, fort du bon et vieux dicton : "c'est en forgeant qu'on devient forgeron," je me suis mis à l'œuvre, comme on fait à vingt ans, étouffant aux éclats du marteau sonore l'incertitude, les craintes, trop heureux de penser que je ne forgeais pas une chimère.

(Ce volume contient des poésies parues dans *La Revue Canadienne, L'Avenir du Nord, L'Album Universel, Le Canada, La Patrie, La Presse* et plusieurs pièces inédites.)

Du même Auteur

Théâtre

"LE PARDON DU GENTILHOMME". Drame en 1 Acte, (épisode de la Révolution Française,) représenté au Théâtre National Français. (Edité.)

"QUERELLE DE VOISINS". Comédie canadienne en 1 Acte, représentée à l'ancien Théâtre Delville.

"LE DERNIER SACRIFICE". Drame en 1 Acte, (épisode de la guerre Franco-Prussienne.) Pièce soumise et acceptée comme lever de rideau au Théâtre National Français.

Conférences

"LA CRITIQUE DANS LES MŒURS MODERNES". Donnée au Monument National, (Salles des Conférences.)

"L'ART : ADEPTES ET FAUSSAIRES". Donnée à l'ancien Institut Philotechnique.

En Préparation

"HEURES POÉTIQUES, VOL. II". Pour faire suite au présent volume.

RIMES DE CHEZ-NOUS

Heures Poétiques

La Voix du Sol

Il est sous le soleil un sol unique au monde,
Où le ciel a versé ses dons les plus brillants,
Où, répandant ses biens, la nature féconde
A ses vastes forêts mêle ses lacs géants . . .

Octave CREMAZIE

Canada ! Canada ! Terre sainte et féconde !

Terre de liberté ! France du Nouveau Monde

Où vit le souvenir des antiques guerriers,

Aux lauriers de ces preux mêlant d'autres lauriers

Tu grandis riche et fort, combinant tes ressources,

Et puisant le progrès à ses plus nobles sources,

De son glaive allégé, se sentant rajeunir,

Ton bras puissant d'un geste embrasse l'avenir !

Ah ! chante, inspire-toi des heures immortelles
Où s'écrivaient de sang tes pages les plus belles !
Ainsi se sont accrus tous ces peuples géants
Dont le renom franchit les brumeux océans !

Ainsi, fiers de nos droits, des traditions saintes,
Armés de notre foi pour combattre nos craintes,
Nous marchons vers le but, courageux, le front haut !
Et glorieusement, notre épée au fourreau,
Se retrempe et repose en l'ancienne vaillance,
Taillée aux flancs de fer de l'indomptable France!

Voici l'ère de paix et des calmes espoirs!
Perdu dans l'infini de maints horizons noirs,
Le passé ténébreux et son navrant problème
N'entravent plus l'essor de ton rêve suprême!..

La forêt vierge enfin recule sous l'effort
De nos braves défricheurs! Marchons! Marchons encor
Vers l'immense horizon où nous attend la gloire !
Ajoutant un chapitre à notre vieille histoire,
Que notre cognée ouvre encor d'autres cantons
Où l'on verra nos fils en des calmes profonds

Sur un sol généreux de plus en plus fertile,
Promener la charrue au bord du flot tranquille !

Déjà n'avons-nous pas colonisé le Nord
Où Labelle, ce grand apôtre, en son effort
Rêvait toute une race harmonieuse et forte :
Et ne voyons-nous pas déjà cette cohorte
Amoureuse du sol et de la liberté
Rayonnante et prospère en sa fraternité ?

Ecoutez ! Ecoutez ! cette voix de la terre
Qui demande des bras comme en une prière !
N'allez pas dédaigner ce cri de ralliement !
Traître est à son pays celui qui va semant
La corruption ! L'or est un ferment de schisme !
Eh bien ! combattons-le par le patriotisme !
Pour que l'on puisse dire encore ô Canadiens !...
Relevant nos fronts purs, ces mots : " Je me souviens ! "
Avec plus de tendresse et de franchise en l'âme !

Crémazie et Garneau, vous dont l'exemple enflamme,
Labelle, Buies ! au sein de l'immortalité,

Dirigez-nous toujours vers la prospérité !

Ah ! dites-nous combien notre nord est immense

Et comme il s'agrandit sous le flot qui s'avance !...

Que de l'Europe même un plus fort contingent

Serait le bienvenu sur notre continent

Pour y coloniser, car malgré ta richesse,

Hélas ! terre bénie, on doute et te délaisse !

Groupez-vous ! Groupez-vous à l'ombre de la croix !

Libres !... le temps n'est plus où des tyrans sans lois

Faisaient du paysan un vil serf de la glèbe,

Vous êtes des héros au lieu d'être la plèbe

Et vos noms glorieux, à la postérité

Seront des talismans pleins de sublimité !

Le
Récit d'un Soldat Canadien

Or ça, mes bons petits, commença le grand-père,
Ecoutez-moi bien tous et je m'en vais vous faire
Le récit d'un beau fait que je vis de mes yeux,
Episode évoquant un passé glorieux !

J'avais alors vingt ans et j'étais militaire
Dans un fier bataillon enrôlé volontaire.
Notre devise était : pays, vaillance, honneur !
Nous avions un grand chef, vrai chevalier sans peur,
Donnant l'exemple d'une endurance invincible,
Aussi, nul ne craignait au feu d'être à la cible !
Et quand l'obus tombait tuant autour de nous !...
Les survivants disaient un *Ave* à genoux!

Or, à Châteauguay même un matin, sur la plage,

Le noble Irrumberry, ce lion de courage

La carabine au poing et l'œil étincelant!

Attendait l'ennemi dans son retranchement !

Hampton et Wilkinson escomptant la victoire

De leur drapeau flottant sur notre territoire

S'avançaient escortés de milliers de soldats,

Franchissaient la frontière et fiers de leurs mandats

Foulaient déjà le sol de la Nouvelle-France

Comme des conquérants !   C'était folle espérance !...

Le grand Salaberry que rien ne fait broncher !

Calme... attend Wilkinson et le laisse approcher!

Nous n'étions que trois cents embusqués, sac au dos,

Mais chacun des trois cents rêvait d'être un héros !

Bientôt dans le lointain tournoya la poussière,

Et déjà du canon la charge meurtrière

Trouait la barricade où nous étions rangés,

Prêts à lâcher le chien de nos fusils chargés !

Puis, ce fut dans nos rangs le silence suprême...

Aucun de nous n'eut peur, mais chacun était blême !

Car, voyez-vous, petits, ça vous brise le cœur
De penser que chez vous une mère, une sœur
Pleurent votre départ, craignant pour vous sans cesse
La misère, la mort ou la balle qui blesse !
Il est des jours hélas, où la douleur atteint
Ces êtres tant chéris !   Tout cela vous étreint !
Ce ne fut qu'un instant d'angoisse contenue...
Feu !... cria le Major aux troupiers, tête nue !...

Longtemps l'écho vibra sous un énorme bruit !
Comme un puissant fracas de tonnerre qui fuit !
Or, je n'avais jamais entendu la mitraille,
Ce fut horrible et beau, c'était une bataille !

L'aieul eut un sanglot dans la voix et reprit :
Mais, la guerre est infâme ! Ecoutez ce qui suit :
Comme j'allais charger une seconde fois,
Me retournant soudain, près de là j'aperçois
Un homme agonisant, la poitrine sanglante...
Ses yeux étaient tournés vers la plaine fumante,
Sur sa lèvre expirait la dernière oraison
Et son dernier regard implorait l'horizon !

Cet homme, ô mes enfants, était presque mon frère !
Nous étions du même âge, au village naguère,
Nous allions tous les deux jouer sur le galet,
Je le vis étendu tout criblé... qui râlait !

Voyez-vous ! C'est affreux ! A ce moment l'on songe
Au fatal désespoir de ceux que la mort plonge
Dans un deuil malheureux, aux vieux parents aimés
Qui dès vos jeunes ans rêvaient déjà charmés
De vous garder toujours à la bonne chaumière
Où pleure votre douce et pauvre vieille mère.
Je me penchai vers lui le désespoir au cœur !
Il était mort, hélas ! Abîmé de douleur...
Je presse sa main froide entre ma main brûlante ;
Adieu funèbre d'une amitié trop ardente,
Et terrible je dis : Jean, tu seras vengé !
Mais, je me lève et vois couvert de sang figé
Un billet sur son sein, alors je le dégage
Et pour braver le feu ranime mon courage !
Ah ! si l'on ne craint pas d'affronter un combat,
La souffrance meurtrit quand même on est soldat !

Le grand-père alors prit dans son livre de messe
Le vieux billet jauni qu'il lut avec tendresse :

Cher ami :

        Je ne sais, mais si demain la mort
Me frappe au champ d'honneur, et c'est là notre sort !..
Voudras-tu consoler ma mère que j'embrasse,
Lui jurer mon amour, la soigner à ma place.
Fais-lui bien mes adieux, sois bon pour elle, toi...
Ce sera moins amer ! En ton grand cœur j'ai foi !
Puisse Dieu t'épargner et nous rendre vainqueurs.
Adieu ! mes compagnons, mon drapeau, si je meurs!...

Il avait signé : Jean !

        Nous eûmes la victoire !
Que de larmes, hélas ! nous coûta cette gloire !

Il se passa deux ans ! La pauvre femme en deuil
Est morte entre mes bras dans ce même fauteuil
Où je vous fais enfants, l'historique sublime
D'une grande épopée ! Ah! j'eus commis un crime
De ne pas adoucir l'amertume des jours
Qui lui restaient à vivre et pour elle toujours,
Je fus bon comme un fils ! Je le jure sans crainte,
Oui !... j'en prends à témoin l'âme de cette sainte.

La Table Rustique

Combien se sont assis à cette vieille table
Où fume le repas frugal du laboureur,
Depuis le jour lointain où l'aieul vénérable
Pour la faire abattait le chêne le meilleur.

En la voyant il songe à la première agape :
De la cave on avait tiré le meilleur vin,
Les grands plats reluisaient sur la plus belle nappe
Et l'on vidait son verre entre chaque refrain !

Bien vite a fui le temps, nombreuse est la famille,
Le grand père sourit à ses petits enfants,
Il a peine à manger de sa main qui vacille
Mais la table résiste à l'usage des ans !

On se lègue de père en fils cette relique,
Comme on lègue un trésor à la postérité !
Heureux qui peut s'asseoir à la table rustique
Où l'ancêtre disait son *benedicite !*

AU LAC SAINT-JEAN

Beau lac de mon pays, lac à la voix profonde
Où chantonne le flot berçant le sable fin,
Cependant qu'un soupir s'échappait de ton sein,
Je m'endormis un soir au doux rythme de l'onde.

Et mon cœur s'enivra dans un songe infini
Sous un parfum de brise et d'étranges murmures
Parvinrent jusqu'à moi. La chanson des ramures
Harmonieuse errait le long du roc bruni.

Je te vis en mon rêve, indomptable et farouche
A cet âge inconnu de suprême splendeur
Où les bois frissonnaient d'une immense terreur
Aux énormes fracas qui sortaient de ta bouche.

Errant sur son beau fief d'érables et de pins,
Le cerf agile et sûr, las de sa course altière
Venait baigner ses flancs à ta vague encor fière
Qui frappait les rochers de chocs herculéens !

Et la nuit resplendit calme et mystérieuse,
Belle comme une vierge au front couronné d'or
Ou comme un enfant blond qui sourit et s'endort
Au prélude berceur d'une harpe charmeuse.

Il me semblait revivre en un monde éternel
Où, poète, l'on peut se griser de silence....
Moduler sur sa lyre à la douce cadence
Des vagues en émoi sous le regard du ciel.

Ah ! que de fois depuis ces heures fugitives,
Vers ta grève où le soir s'épanche le flot bleu
J'aurais voulu m'enfuir, aller revivre un peu
Mon beau rêve enivré du parfum de tes rives.

Et souvent quand revient le temps des floraisons
Et que l'astre sommeille au chant de la nature
Mon œil perce le voile enserrant la nuit pure
Et te cherche en l'espace où s'éteint l'horizon.

Je voudrais te décrire en de brillants poèmes
Beau lac où j'ai dormi le sommeil du bonheur,
Ainsi qu'en son esquif un pauvre voyageur
Se repose parfois de fatigues extrêmes !

Mais hélas ! un poète encore a son printemps
Va comme l'oisillon de son aile incertaine,
Et s'il tente en son vol une course lointaine...
Comme tes flots, ô lac, il chante ses tourments.

MASURE

On l'aperçoit au loin sur le sentier poudreux...
La masure déserte et sombre se lézarde,
Ce n'est plus aujourd'hui qu'une triste mansarde
Où la rafale bruit par les soirs orageux !
On l'aperçoit au loin sur le sentier poudreux.

Ce n'est plus qu'un réduit grisonnant de poussière
Et, quand le jour décline empourpré, le soleil
De ses ternes rayons teinte d'un flot vermeil,
Comme autrefois, les murs moussus où grimpe un
[lierre.
Ce n'est plus qu'un réduit grisonnant de poussière.

Hagard, il semble dire : Où sont-ils ces bons vieux ?
Ne les verrais-je plus ? Inutile prière...
Ils dorment à jamais au petit cimetière !...

Devant ce galetas j'ai des larmes aux yeux,

Hagard, il semble dire : Où sont-ils ces bons vieux ?

Ils sont morts sous ce toit, près des beaux champs fer-
[tiles

Où, groupant leurs troupeaux après les durs labours,

A l'étable ils menaient les grands bœufs aux pas lourds

Avant de reposer en des sommeils tranquilles...

Ils sont morts sous ce toit, près des beaux champs fer-
[tiles.

L'Hiver aux Champs

La neige tourbillonne, et sur la route blanche
Les grelots aux tons clairs égrennent leur chanson...
La morsure du froid fait gémir chaque branche,
Mille larmes d'argent scintillent au glaçon !...

On dirait qu'un encens s'élève de la terre
Où le sillon repose en un calme sommeil,
Et le bon paysan de sa demeure austère
Contemple son champ triste attendant le réveil !...

L'aieul se chauffe au feu d'une buche d'érable.
Il a conquis l'aisance à force de labeurs !
Et regarde attendri les petits à sa table...
Demain... ces petits-là seront des laboureurs !...

Et pendant que la neige en flocons, grave, tisse
L'éphémère linceul de la fécondité,
L'aïeul demande au ciel qu'il protège et bénisse
Les foyers et les champs de sa postérité !...

LACHINE

A Monsieur Joseph-Adélard DESCARRIES, C.R.
Ancien Maire de la Ville de Lachine.

C'était au temps lointain où l'Indien sanguinaire
Luttant contre la Croix et le Missionnaire
Traquait dans la forêt vierge aux chênes géants
Nos aïeux parfois dix contre mille assiégeants !

Or, en l'an seize cent quatre-vingt-neuf, Lachine,
Le soir du cinq août, près du lac qu'elle domine
Reposait, quand soudain douze cents Iroquois
Ivres de chair et des flèches plein leur carquois
Apparaissent au sein de la nuit orageuse,
Armés du tomahawk et la lèvre railleuse,

Rêvant d'autres trophés et méprisant la mort,
Ils rampent l'œil en sang vers Lachine qui dort.

Un instant règne encore un horrible silence...
Que trouble vaguement la craintive cadence
Des flots du lac témoin de cette affreuse nuit !

Alors, ainsi qu'un tigre évoluant sans bruit,
Aux aguets d'une proie attendue et certaine,
Chacun de ces guerriers aveuglé par la haine
Bondit ! frappe l'enfant, la femme, le vieillard,
Sans entendre ni voir tue ou brûle au hasard !

———————

Depuis ces jours lointains, glorieux dans l'histoire,
Lachine, tu grandis et cette vieille gloire,
Ces quatre cents martyrs semblent veiller sur toi...
Et quand tinte le soir la cloche en son beffroi,
Que le lac tendrement murmure sa souffrance
Aux échos attentifs en leur parlant de France...

On croit voir sur ta grève à l'heure de minuit...
L'ombre de vieux Indiens que le remords poursuit !

Québec

———

Amicalement dédié à MADELEINE.

Comme un pilier de roc émergeant du grand fleuve
Où l'obus de l'Anglais maintes fois fit l'épreuve
De ses énormes flancs couronnés de haut murs,
Superbe en son essor vers les calmes azurs,
Québec sur son rocher gigantesque se dresse,
Vaillante comme Sparte ainsi qu'une déesse,
Guerrière aux horizons montrant ses vieilles tours,
La Citadelle aux fiers roulements des tambours
Semble se réveiller comme en une surprise !...
Fantômes glorieux !... Eternelle hantise !
Elle croit voir encor entraînants, l'œil en feu,
Vaudreuil, Lévis, Montcalm brandir le boutefeu !

Frontenac, l'intrépide, au nom du Roy de France
Par la voix du canon sur l'antique éminence,
Répondant aux Anglais !. .   Salut ! vieille Cité
De Champlain noble aieule en ta sublimité !
Salut ! Cap Diamant d'allure grandiose !
Tous ces preux qui sont morts en une apothéose
Se lèvent aujourd'hui dans l'immortel tombeau
Quand l'artilleur salue au loin ton vieux drapeau !

———

Historiques remparts, devant vous je m'incline…
Et sur ces murs noircis que ta gloire illumine
Je baise les sillons labourés sous le fer !…
O France !… je les baise et comme un souffle amer
Pleure aux sombres créneaux dont l'aspect symbolise
La loyauté, l'honneur, cette belle devise
Que nous avons appris de toi dès le berceau !
Ton nom, France !… au vieux roc, brille comme un
                                        [flambeau !

CANADA

Campagnes où tout germe en la glèbe féconde,
Pays dont les trésors émerveillent le monde,
Où, par droit de conquête, un peuple au sang Gaulois
Vit sous l'œil d'Albion, libre et fort de ses lois !
Lacs géants, bois profonds, rivières, monts et plaines,
Devant la majesté de tes vastes domaines
Canada ! mon pays, ravi le voyageur,
Un jour passe, contemple et s'arrête songeur.

Gigantesques, il voit là-bas nos Laurentides,
Le front ruisselant d'or, sous des couchants splendides,
Rêveuses s'endormir au bercement des flots...

Il voit le Saint-Laurent superbe et des îlots
Où les ormes, les pins, les bouleaux, les érables

Mirent à l'onde claire où rayonnent les sables
Les charmes que l'été donne à leur frondaison.

Et son œil interroge ébloui l'horizon,
Comme pour démarquer au loin une limite,
Et l'espace grandit toujours, se précipite
Embrasse tout en elle et se dérobe aux yeux,

Comme un monde insondable en l'infini des cieux !

Notre Pays

———

Ton pays, mon enfant, c'est le sol de l'ancêtre
Le petit coin de terre où le vieux toit champêtre
Semble braver l'orage et défier le temps...
C'est le bois où l'oiseau revient chaque printemps,
La rustique chapelle auprès du cimetière,
Où le dimanche on va réciter sa prière,
Alors que dans l'air pur, comme des oraisons,
La cloche répercute à tous les horizons
Ses sublimes accents ! C'est l'école au village,
Perdue en un sentier où le riche feuillage
Module comme un chant, sous la brise agité !...
Ne délaisse jamais pour la grande cité,
Les sillons où l'aïeul vit germer la semence
De ses nobles labeurs... Ah ! c'est un peu la France

Qui renaît transplantée au bord du Saint-Laurent,
Fière de son histoire et le front rayonnant !
On la reconnaît bien à son air héroïque,
Cette France où les fils de la grande Armorique,
Comme aux jours valeureux, sous le même drapeau,
Chantent la Marseillaise en un Monde Nouveau !

Il n'est pas mon enfant de plus bel héritage
Que l'amour du pays ; c'est le noble apanage
De ta race indomptable, un merveilleux trésor,
Que jaloux l'on défend, toujours, quand même, encor !
Si l'infortune un jour vers la terre étrangère
Malgré toi te poussait, aime ton Dieu, ta mére,
Enfant, sache le bien, c'est la loi de l'honneur,
France !... Ah ! que ce nom là fasse battre ton cœur !

MUSE D'AMOUR

ÊTRE POÈTE

C'est avoir de l'amour au cœur pour toute chose,
Sur sa lyre chanter les aubes et les soirs,
Sourire pour ne point sembler triste ou morose
Pour qu'on vous aime un peu !... vivre de vos espoirs !

Vous faire un aiguillon de votre âme vibrante !
Aimer, pleurer, souffrir, se pâmer sous l'émoi
D'un songe persistant, vision délirante
Où l'on cherche une main amie autour de soi !..

C'est enfin marteler sur l'enclume du rêve,
Des vers toujours plus beaux que ceux que l'on achève,
Effrayés quelquefois de se sentir un cœur,

Comme si l'on craignait l'éternelle souffrance !...
Etre poète, c'est rêver d'une âme sœur
A vos lèvres vidant la coupe d'epérance !

ET TOI, TU NE DIS RIEN...

Faut-il rire ou pleurer ?... Je ne sais plus que faire.
Je ris, je chante ou pleure et toi, tu ne dis rien...
Ah ! mieux vaudrait mourir, je ne puis plus me taire,
Mais je t'aime et voudrais vivre dis : veux-tu bien ?

Faut-il rire ou pleurer femme, quand on ignore
Si son cœur est blessé pour toujours, sans espoir
Ou s'il pourra guérir du mal qui le dévore,
Ah ! parfois je m'en veux de ne point t'en vouloir !

Je ris, je chante ou pleure et tout le temps je souffre,
Et tu ne me dis rien !... J'enfonce tous les jours
Dedans l'inextricable et mystérieux gouffre
Où le doute engloutit tant de cœurs, tant d'amours !

J'ai perdu la raison et dans mon fol délire
Je viens à tes genoux, suprême tribunal
Avouer mon tourment : daigne au moins n'en pas rire !
Ne me fais pas douter même de l'idéal ?...

Rêve

Comme le métal brut qu'on forge sur l'enclume
Eclate et bondit sous un marteau qui le tord,
Ainsi parfois le cœur tout brûlant d'amertume
Et révolté, gémit sous le marteau du sort !

Et c'est surtout quand sombre et songeant à sa peine
Il saigne de souffrir un constant abandon,
Pareil au criminel traînant sa lourde chaîne,
Irrité, sans espoir de calme ou de pardon !

Il se souvient pourtant d'une femme... en un songe
Elle disait : je t'aime ! et même ses baisers
Ont calmé cette fièvre et ce doute qui ronge !
Elle disait : pour toi, je mourrais volontiers !

Et toujours on l'attend, rêvant d'elle sans trêve,

En le cœur troublé chante un amour éternel !

Jusqu'à ce qu'un matin s'éveillant d'un long rêve,

Il vive enfin le charme inoui du réel !

SCEPTICISME

Que ses yeux soient brillants ou pâles, bruns ou bleus !
Qu'elle soit brune ou blonde, ô mon cœur que t'importe,
Mendiante d'amour, qu'elle frappe à ta porte,
Tu liras le secret de son âme en ses yeux,
Que ses yeux soient brillants ou pâles, bruns ou bleus.

Chimère du poète épris de son délire,
Je crois souvent l'entendre encore à mon réveil
M'avouer son tourment fiévreux, au mien pareil,
Mais l'irréel bonheur ainsi qu'un songe expire...
Chimère du poète épris de son délire !

C'est le combat géant de milliers de cœurs
Que le mien à son tour soutient contre le doute,
La coupe d'ambroisie ou je bois goutte à goutte

La plus mielleuse et plus troublante des liqueurs,
C'est le combat géant de milliers de cœurs !

Cruel besoin d'aimer et cruels scepticismes
Que j'éprouve et ne puis préciser en des vers,
Plus l'idéal est grand, plus triste est le revers...
Je lutte avec moi-même et mille syllogismes,
Cruel besoin d'aimer et cruels scepticismes !

Écrivez-Moi des Vers

Pour vous seule ces vers.   Or, mon cœur est la cible,
Ma plume est l'arc et lui décoche chaque trait !
Pour vous plaire le frappe et comme un tireur crible
Son but en y trouvant un tout-puissant attrait !

Oui... je suis bien le but, inquiétant problème,
Que vous déchiffrerez peut-être quand le dard
Dont vous m'armez aura porté le coup suprême...
Oh ! ne me dites pas alors : "il est trop tard !"

Ne me dites pas, non !... ne dites pas : "je doute !"
Je suis l'oiseau qui chante en quête de parfums
Et savoure la fleur éclose toute... toute,
Est-il rêve plus doux ?... Moi, je n'en vois aucuns !...

Je me suis pris au piège, hélas, une mésange,
N'eut jamais la chanson du docte rossignol,
Mais ayant l'heur de boire à la lèvre d'un ange
L'amour rêvé, je chante et m'attache à son vol.

LES ORIENTALES

O perles d'Orient, femmes aux yeux rêveurs,
Femmes dont les baisers sont comme des morsures,
Beautés aux dents d'ivoire, aux longues chevelures,
Qui n'a rêvé parfois de vos folles ardeurs !

Vos lèvres de velours aux infinis murmures,
Aux sourires d'extase et les douces langueurs
De vos êtres pamés en de belles cambrures
Esclaves de jaloux et cyniques vainqueurs !

Qui n'a rêvé de votre exquise somnolence,
Pareille au flot mourant bercé par le silence
Ou d'une âme qui chante aux souffles des zéphirs,

Son éternel espoir de caresses ardentes,
Son rêve d'amour pur et libre ô vains désirs
De tendresses qui soient comme des fièvres lentes.

CHARMES DU PRINTEMPS

A Mademoiselle Mercèdes T...

Ah ! que j'aime le soir goûter un doux repos
Et te dire ma mie encor d'exquises choses,
Alors que le zéphir fait frissonner les roses
Et que nul bruit ne vient éveiller les échos.

Je me sens revivre aux senteurs des fleurs écloses
Et les charmes de Mai font tes charmes plus beaux !
Ivres, nous oublions tous nos rêves moroses,
Grisés d'amour, de brise et de parfums nouveaux.

Ah ! le printemps bientôt va renaître ma douce...
Dis : nous retournerons nous asseoir sur la mousse,
Errer dans les sentiers reverdis des grands bois,

Et quand le soir soupire étend partout ses voiles,
Les yeux dans les yeux en d'extatiques émois,
Nous aimer sous l'azur où dorment les étoiles !

Rêve d'Artiste

Si j'étais un artiste à la main ferme et sûre
Dans un beau coloris je ferais ton portrait,
Ou plutôt une esquisse, une miniature
Dont je retoucherais sans cesse chaque trait !...

Puis, ayant ceint ton front d'un riche diadème
A l'éclat merveilleux ! le subtil chatoiement
Du prisme aurait l'effet sur ta figure blême
Et mes yeux fixeraient la toile éperdument !...

De carmin sur ta lèvre, une nuance infime,
Un sourire d'ange et broyant d'autres couleurs,
Fou de mon impuissance à rendre l'art sublime !
Je sillonnerais cette ébauche de mes pleurs !...

Alors, timidement, je peindrais l'étincelle
Qui dore le velours soyeux de ton œil noir !
Mais ce serait folie ! à l'étrange prunelle
Manquerait le rayon pur d'un astre du soir !...

Le Chant du Rossignol

———

Rossignols, dites donc ! Aurez-vous, beaux chanteurs,
Des roulades en sol au printemps pour vos belles,
Et roucoulerez-vous les vieilles ritournelles
Dont ma foi, vous et moi sommes bien las d'ailleurs ?

Sapristi !.. Si j'avais vos gosiers et vos ailes
Je pousserais mon vol jusqu'aux célestes chœurs
Et redirais aux bois des chansons éternelles
Qui feraient se pâmer tous les oiseaux jaseurs !

Messieurs les rossignols, si vous m'en croyez, vite
Il faut voler au ciel pour revenir au gîte
Avec des trilles d'or ! Et pauvres amoureux....

Nous vous écouterons chanter dans les broussailles....
Et peut-être aurons-nous des serments plus mielleux
Pour nos belles au bois, le jour des fiançailles !

VIENS...

Dans tes yeux je m'inspire et scande des sonnets
Tantôt troublants ou bien plus que nos cœurs étranges...
Et tes yeux ont alors des éclairs, tu te venges
Avec des mots pareils à des coups de stylets !

Je vis pour toi ma mie à l'abri de ces fanges
Dont tant d'autres hélas ont subi les effets !
Je t'aime ! dis : veux-tu qu'en d'éternels échanges
L'un pour l'autre jamais nous n'ayions de secrets ?

Veux-tu me suivre ?...Viens !....Fuyons loin de tem-
                                              [pêtes,
Nous marcherons toujours jusqu'à ce que nos têtes
Dominent les brouillards qui dérobent les cieux !

Et là....pour épancher nos juvéniles flammes,
N'ayant d'autres témoins que mon cœur et tes yeux,
Ma mie ...il fera bon de nous donner nos âmes !

Impressions Poétiques

La Route de la Vie

La vie est une route où passent les mortels
Et cette route un jour est plane un jour agreste,
L'un chemine longtemps parfois et l'autre reste
A mi-chemin, hélas ! les arrêts sont formels,
La vie est une route où passent les mortels !

C'est un sentier qui mène où la vie est plus belle,
En un monde meilleur et plus calme, le ciel !
Le Christ au Golgotha fut abreuvé de fiel
Avant de nous ouvrir cette enceinte éternelle,
C'est un sentier qui mène où la vie est plus belle.

L'on en voit dont les fronts ont des éclats d'orgueils
Railler insolemment le pélerin tranquille !

Ceux-là passent, pour eux la route est bien facile...
D'autres vont résignés en dépit de leurs deuils,
L'on en voit dont les fronts ont des éclats d'orgueils !

C'est le chemin des gueux, des bruyants équipages,
Il mène au Tribunal du Céleste Palais,
L'Eternel jugera les maîtres, les valets,
Les humbles, les puissants, les mendiants, les sages,
C'est le chemin des gueux, des bruyants équipages !

Heures d'Angoisses

De tout ce que j'éprouve et dont je fais des vers
Quand mon cœur bat trop lourd de ses longues fatigues,
J'ai la vision folle !.... Un jour de sombres digues
A mes yeux se dressant, j'hésite, je me perds,

Je me vois seul en butte à d'amères intrigues,
J'appelle ma pensée à mon aide et pervers,
Le Génie un instant me sourit et prodigues,
Les Muses s'apitoient de mes navrants revers !

Longtemps.... serais-je en proie aux affres de ces
                                        [doutes ?....
Mon cœur lutte en dépit de ses mille déroutes,
Et las de tant d'espoirs se sent devenir vieux.

Alors.... pour l'apaiser, je lui rime des strophes
Qu'il aime !.... Il fait venir des larmes dans mes yeux
Et nous nous promettons d'être plus philosophes.

La Légende de la Mort

L'Eden était désert. Déchus Adam *et* Eve

Erraient dans la douleur. Seul, Dieu forgeait le glaive

Qui devait sans pitié frapper tous les humains.

Et, quand il l'eut fini, de ses Augustes Mains

Il en arma la Mort qu'il fit calme et cruelle...

Soit que l'on se résigne ou que l'on se rebelle,

Je te l'ordonne, va ! lui dit-il : " *sois la Mort !* "...

Que nul n'échappe à cet irrévocable sort !...

Dans le palais des grands comme sous la chaumière,

Quand je commanderai, frappe ! Aucune prière

Ne doit vaincre l'Edit Eternel, riche ou gueux,

Mort ! souviens-toi que tous sont égaux à mes yeux !

Et l'Eternel alors a désigné l'Espace,

Et la Terre frémit sous l'affreuse disgrâce...

Il lui semble déjà que l'on creuse son sein
Pour y jeter les os de tout le Genre-Humain !

Or, la Mort effroyable en sa mission sombre
Vit flamboyer son glaive atroce et neuf dans l'ombre
Et d'horreur tressaillit ! Tous les astres des cieux
Regardaient étonnés ce spectre noir aux yeux
Profonds comme une nuit en la plaine éternelle,
Sinistre, au pas furtif, roulant dans sa prunelle
Un pleur infiniment amer, le seul versé
Par ce bourreau jamais repu, jamais lassé !

Puis... s'étant endormie en sa trop longue trève...
Misérable... elle vit ses victimes en rêve !

Elle entendit gémir sur le Globe, à ses pieds,
Les millions de voix d'êtres suppliciés...
Des siècles à venir le lugubre cortège
Défila sous ses yeux.   Comme pris en un piège,
Tous lui demandaient grâce et toujours, sans merci,
Toujours elle frappait de son bras endurci,
L'enfant sur le giron maternel et l'épouse,
Et quand douze étaient nés, vite il en mourait douze !

L'un trépasse pendant qu'il fouille en des sacs d'or,

Dans un taudis sordide, un mendiant s'endort

Pour ne plus s'éveiller... et tous meurent quand même

Ils sont rois, va-nu-pieds, ô Justice Suprême !...

Et chacun dit surpris : " il est mort ! il est mort ! "

Elle méprise tout comme fait le plus fort !

Les larmes d'une mère et son cri de détresse,

Cri d'amour inouï, révolte de tigresse...

Combat démésuré, mais horrible et géant !

Cœur de femme pétri comme un cœur de Titan !

Angoisses d'agonie aux suprêmes émois...

Elle torture et lutte avec tout à la fois !

L'existence malgré son supplice est plus douce

Que ce gouffre inconnu, béant, noir où Dieu pousse

Les mortels un à un.   Or, cette vision

Fait se dresser la Mort.   Comme Bellérophon

L'antique dieu des Grecs, terrible en sa puissance

Elle doit vaincre aussi la chimère et s'élance !

L'éclair luit, aux éclats de la foudre du ciel,

Le premier des morts tombe aux pieds de l'Eternel !

Les Cathédrales

Le beau temple gothique aux mille clochetons
Profile dans l'azur ses croix monumentales
De vieux bronze terni, sous les clartés astrales
Brillant comme l'or pur en ses fauves rayons.

Il chante l'ancien style aux lignes sculpturales,
Symphonise l'ogive en d'immenses frontons,
Rappelle la splendeur d'antiques cathédrales
Où dorment des guerriers Cénomans ou Saxons.

Le rêve monte altier sous ses vastes portiques
Où des saints burinés en des poses mystiques,
Semblent mourir d'extase et d'émois éternels !

Le marbre et le porphyre aux masses gigantesques,
Depuis le moyen-âge en ces lieux solennels
Abscondent la prière et l'art des vieilles fresques.

CRÉPUSCULE

Je rêvais cependant que les derniers rayons
De l'astre se noyaient par delà les collines
En des teintes d'iris, d'opales purpurines,
A l'heure où tout rêve et s'endort dans les vallons.

A cette heure ou les bruits qui montent des ravines
S'en vont mourir au sein des muets horizons,
Comme les douces voix d'austères capucines
Récitant le soir leurs dernières oraisons.

Longtemps....l'âme sereine en cette solitude,
Je goûtai le silence et sa mansuétude,
La cloche au loin tintait un rustique Angélus....

Un vieux pasteur au sein de son troupeau de chèvres,
Murmurait à genoux des strophes d'Orémus....
Et tout semblait prier de voir prier ses lèvres !

Les Feuilles Mortes

Le vent gémit sa plainte amère et douloureuse
Dans les feuillages d'or qui tombent frémissants,
Au sein des tourbillons de la route poudreuse,
Où cheminent transis les mille et un passants.

O feuille ! je comprends ta révolte orgueilleuse,
Toi, déchue un matin d'nn triomphe éclatant !
Douce sœur de la brise à la chanson mielleuse,
Que la bise glacée a flétrie en passant !

O feuille ! comme toi, j'ai caressé le rêve
De couler sans soucis de longs jours, et sans trève,
Grisé d'un fol espoir, oublieux de demain !...

Mais aujourd'hui, ton sort vient troubler ma victoire,
Ironie ou hasard, je te broie en ma main !
Feuille morte ! et je songe à l'éphemère gloire !

Rêverie Champêtre

La rivière serpente en méandres coquets
Le long de verts côteaux où le blé mûr ondule
Sous un baiser astral langoureux et qui brûle
La fleur de prés jolis et d'odorants bosquets,
La rivière serpente en méandres coquets.

D'écume blonde au loin se frange la colline
Dont le flanc noyé d'or et d'iris, sous le ciel,
Semble en cet or se fondre ainsi qu'en l'or d'un miel
Qui coulerait à flots d'une mer opaline,
D'écume blonde au loin se frange la colline.

C'est l'oraison d'amour sous le dôme des bois,
La source, le zéphir, tout bruit une prière....
Je sens la vie au cœur, des pleurs à ma paupière

Aux rythmes solennels de ces exquises voix,
C'est l'oraison d'amour sous le dôme des bois,

Enivré du troublant et fol amour des choses,
Un grave laboureur chantonne de vieux airs
Pendant que son troupeau s'abreuve aux ruisseaux clairs,
Songe-t-il aux lointains baisers de lèvres roses
Enivré du troublant et fol amour des choses ?....

L'Aumone de Noel

On était au vingt-cinq décembre, jour auguste
Où la foi doucement rayonne au cœur du juste,
Jour aimé des vieillards vivant de souvenirs
Et des petits enfants éperdus de désirs !
Oh ! posséder enfin gateaux, polichinelles,
Jolis brimborions aux magiques ficelles,
Arlequins ou Pierrots, tout ce qui fait du bruit,
Siffle, sonne, se meut, s'agite et réjouit !

Mais, le petit Pierre a la mine chagrinée....
Dit : "Moi, je n'aurai pas d'étrenne cette année.
Quand je parle de ça, tu pleures, je vois bien....
On est trop pauvres nous, alors, je n'aurai rien.
Et le pauvret déçu penche sa tête blonde
Sur le sein maternel....Quelle douleur profonde....

Ils sont là tous les deux, mornes, le cœur serré,
La mère malheureuse et l'enfant atterré....
Il est si dûr hélas ! de braver la souffrance
Le jour où l'on jouit d'une douce abondance,
Où le moins riche même a sa part de bonheur,
Tout cela vous meurtrit, vous fait du mal au cœur.

Au dehors, les sentiers blancs de neige étincellent,
L'azur du firmament où des flots d'or ruissellent
Semble un immense écrin de célestes joyaux
Inondant l'infini de leurs rayons si beaux
Que le ciel est noyé sous l'immense lumière
De ces mille astres blonds perdus dans le mystère.

Le beffroi carillonne au loin son chant divin
Eveillant les échos et montrant le chemin
Du Temple où Tout-Puissant, l'Auteur de la Nature
Se fait pauvre et chétif pour laver la souillure
Du Genre-Humain perdu ! Noël ! Noël ! Noël !
Tous les cœurs attendris répondent à l'appel.

Noël ! Noël ! Noël ! Sur la route chemine
D'un pas craintif et las une femme à la mine

Bien triste et dont les yeux obscurcis sous des pleurs,

Distinguent vaguement les lointaines lueurs

Des cierges de l'autel emplissant de lumière,

Les vitraux de l'église où la foule en prière

Tressaille au rythme lent des cantiques sacrés !

La pauvre femme va des passant affairés

Réclamer une obole en cette nuit divine,

Pour que Pierre qui dort chez la bonne voisine

Puisse le lendemain trouver à la maison

Ce qu'il convoite tant : ''un tambour, un clairon'' !

La messe est terminée.　On voit un long cortège

Défiler tout joyeux sous le vent et la neige,

C'est la nuit du bonheur ! Le moment est venu

Où l'homme se souvient du pauvre méconnu.

Et fière de sa quête, encore chancelante

Dans un grand magasin entre la mendiante.

Une part de l'argent qu'elle vient de quêter

Suffira pour l'étrenne....elle va l'acheter.

Puis...durant quelques jours au moins, on pourra vivre,

Ah ! c'est trop de bonheur ! Oui, tout cela l'enivre !..

Mais, voici le marchand, aurait-il deviné

Le malheur un moment contenu, dominé ?

Il s'avance mettant tout de suite à son aise

L'acheteuse appuyée au dossier d'une chaise.

Elle voudrait parler....tremble d'émotion....

Je veux dit-elle enfin....un tambour, un clairon !

Un clairon, un tambour....certainement madame,

A quel prix s'il vous plaît?....Alors, la pauvre femme

Haletante ne sait que répondre, elle craint

De n'avoir pas assez des gros sous qu'elle étreint !

Une larme scintille à sa pâle paupière,

Cette larme trahit l'accablante misère,

Et le brave homme, ami de tous les miséreux

Cède alors au conseil de son cœur généreux.

Il saisit les objets que la mère convoite

Pour son pauvre petit, les met dans une boîte....

Et les lui donnant, dit : "Je vous en fais cadeau" !

Si le pain manque un jour, revenez à nouveau....

Le marchand radieux pressa la main brûlante

Que la pauvresse lui tendait reconnaissante.

Grâce à lui, le réveil là-bas fut moins cruel,

Et le blond petit Pierre eut un joyeux Noël !

LA MER

Perçant le ciel, la foudre, au clapotis des flots,
Mêle sa voix et gronde au loin des clameurs sourdes,
Elle semble braver la mer aux lames lourdes
Dont le fracas s'éteint en des bruits de sanglots !

Et l'immensité noire où le vent des tempêtes
Meurtrit les horizons de ses déchirements,
Impassible, en son sein a des douleurs muettes
Et se voile d'embruns pour céler ses touments !

Mais la mer en démence est comme une lionne !
Au sein des éléments que sa fureur étonne,
Ivre de sa grandeur comme de son courroux,

Dictant ses lois en des gestes d'apothéoses....
Elle reste sublime en ses délires fous,
Et son ire a l'horreur et la beauté des choses !

Les Batailles de la Vie

O sort ! tu m'as frappé d'aveugles coups d'estocs
Et je ne sais comment, malgré mille blessures,
Mon cœur n'a pas cessé de battre, et sans armures
Que son courage, a pu résister à tes chocs !...

Cependant que meurtri de quelques éraflures
Il te croyait repu, mais ainsi que des socs,
Labourent les sillons pour des moissons plus sûres....
Tu façonnas ce cœur entre tes rudes crocs !...

Et tu lui dis : va-t-en !... Lutte avec l'amertume !
Il n'est de ciel sans foudre et d'océans sans brume,
Et vivre sans douleurs, c'est mourir sans témoins !...

Je médite depuis tes profonds apophtegmes
Sur cette route abrupte, et raillant mes chagrins,
Tu me dis toujours : va !.... Rends-moi flegmes pour
[flegmes !

La Neige.

La neige étend partout son blanc manteau d'hermine
Et le givre étincelle aux carreaux scintillants,
Chaque pas du marcheur est plus lourd, il chemine
Secouant de ses pieds les flocons ruisselants.

Mais la neige, toujours, tombe folle et railleuse,
Elle semble vouloir se moquer du passant,
En vain la chassez-vous, ô gentille frileuse
Elle vous couvre encor, sans cesse, persistant.

Ne la rudoyez pas.   La femme est si charmante
Sous un voile léger de neige étincelante.
On aime ainsi la voir passer sur le chemin,

Dans sa fraîche toilette où doucement rayonne,
La subtile blancheur d'un éclatant satin
Que la main de l'hiver amoureux lui façonne.

FLEUR CHAMPÊTRE

Elle était villageoise et d'une beauté blonde,
A l'aube on la voyait, au réveil du pinson,
Dans le champ paternel où rêveuse profonde,
Elle semblait Cérès contemplant la moisson !

Et quand le crépuscule à l'horizon de flamme
Noyait sous un flot d'or les blés du laboureur,
Que l'Angélus tintait....doucement, de son âme
Montait un chant divin vers le Dieu Créateur !....

Mais un jour arriva le pâle et triste automne !....
Le ciel était bien gris, les oiseaux dans les bois
Gémirent sous la bise un chant plus monotone,
Elle oublia comme eux sa chanson d'autrefois !....

Et l'hiver emporta sous son aile de neige,

Une fleur au parfum de ce monde inconnu !

Tous les oiseaux du val suivirent le cortège,

Chaque arbre du sentier ployait son grand front nu !..

Rêve et Réalité

Un jour, las de songer dans l'ombre et le silence,
Mon cœur pris de dégoût pour cette somnolence
Où l'on devient sceptique et farouche rêveur,
Se réveilla soudain de toute sa torpeur !...
Un rayon de soleil succédant à l'orage,
Je redevins moi-même armé de mon courage,
Et mon être fidèle à ses jeunes espoirs
Fléchit sous l'aiguillon des sombres désespoirs !
J'étais enfin dompté de ma folle chimère !
La raison triomphait de la tristesse amère !
Et je laissai mon âme ardente s'envoler
Vers le bel horizon !... Pour la bien consoler
Je façonnai pour elle un rêve plein d'ivresse,

Le travail noble et fier, la suprême tendresse
D'une femme à vingt ans ! Un mot seul, l'AVENIR...
Me parut morne et froid, mais il fallait l'unir
A mon grave projet, implorant sa clémence,
Je le mis en mon cœur où déjà l'espérance
Avait fait sa demeure et calme, retrempé,
Il me sembla revivre après m'être trompé !...

Et depuis, j'ai vécu, combattant ma faiblesse,
Comme un être nouveau que refait la détresse
Des tempêtes d'hier, j'ai refoulé les pleurs
Quelquefois revenant aviver les douleurs
De l'heure mensongère où le Destin vous brise !...
Ah ! puisse-tu, mon âme, évoquer la méprise
Du passé, si jamais la chimère un matin
Te croise sur la route, aller droit ton chemin !...

L'Hiver du Chemineau

Poète, quand l'hiver drape son blanc tapis
De frimas satiné le long des grandes routes,
Quelque beau soir de lune, ému l'âme aux écoutes,
Quand tu crois percevoir....funèbre, un gazouillis....

Est-il passé poète, ayant pleine de croûtes
Sa besace, la barbe en glace et tout transis....
Un chemineau chagrin, avec aux yeux des gouttes
De pleurs brillant dans l'ombre ainsi que des rubis?...

L'as-tu vu se glissant le long des portes closes
Regagner son taudis où plus amères choses....
Peut-être l'attendaient mère et petits en pleurs?

Ton cœur a dû comprendre au moins ces amertumes
S'il ne les peut décrire et ce sont des douleurs
Dont la MISÈRE hélas écrit tant de volumes !...

NOCTURNE

Le lac dort.   Tout s'apaise et la nuit solennelle,
Etend son voile ombreux inondé de points d'or
Sur la terre calmant d'une voix maternelle,
Tout ce qu'elle chérit et qui s'agite encor.

L'astre du rêve vient, de sa lumière argente
Les flots....j'entends monter une voix dans la nuit....
Psalmodie éternelle, ô musique énivrante,
Du roseau tremblotant, du feuillage qui bruit.

O nuit ! limpide nuit ! comme toi je m'étonne
De ce calme éloquent ! Comme la fleur des bois,
Je m'enivre de brise et mon être frissonne,
Et mon cœur ne peut plus supporter tant d'émois !

Oui, mon cœur faiblement, nuit, comme toi soupire...
Je sens que je m'endors à ce long chant berçeur,
Impuissant à calmer le magique délire....
O nuit ! divine nuit d'ineffable splendeur !

Novembre

A Monsieur ALBERT LOZEAU.

Il pleut....la pluie est froide et bat sur les pavés,
Le ciel est gris, au vent tournent les feuilles mortes
Et les moineaux transis vont frileuses cohortes....
Vagabonds, sans feuillage et de gites privés.

C'est l'automne, en novembre on ferme bien les portes,
Les piétons passent vite et semblent énervés,
Quand la brume est épaisse ou les bourrasques fortes,
On se sent heureux d'être au logis arrivés.

La nature endeuillée a des tons de grisailles,
Où donc est le soleil des jours de fiançailles,
Le doux parfum de mai, la rose, le printemps ?...

C'est la saison glacée ! On voit des pleurs aux branches,
Le cœur d'un froid frissonne et les rudes autans
Emporteront demain du rêve en avalanches !

L'Humaine Voix

A Madame C. A. DESMARAIS.

Que dire de ton charme exquise voix humaine
Qui sait nous mettre en l'âme un rayon d'infini !....
Ivresse séraphique ! aimante souveraine,
Qui nous laisse troublés quand le chant est fini !

Voix où chante l'amour ! ô douce voix de femme,
Si tendre que parfois elle nous fait pleurer....
Voix ayant les sanglots étouffés d'une lame
Où la barque s'en va sans voilures sombrer !

O voix ! humaine voix d'espoir ou de souffrance,
Je t'écoute, tressaille, et transporté je crois
Entendre une déesse en un couplet de stance,
Dire au cœur assoiffé : je suis la source, bois !

Chante encore et toujours, le printemps et la vie,

Chante qu'il faut aimer ! En dièse, en bémol,

Chante tout ce qui parle à notre âme ravie

Et la fait vibrer toute à la note de sol !

Inconstance des Jours

Il est des jours de joie et de longs jours de deuils
Où le cœur triste et. las, meurtri, saigne de battre,
Où l'on se sent brisé de vivre et de combattre
Et qui nous font rêver de la paix des cercueils....
Il est des jours de joie et de joie et de longs jours de deuils.

Il est des jours sereins où l'on chante la vie !
Comme l'oiseau, la fleur, et comme le ruisseau,
Notre front n'ayant pas l'indélébile sceau
Qui dit à la douleur : ''mon âme est assouvie....
Il est des jours sereins où l'on chante la vie !

Chaque jour qui décline hâte le cours des ans,
Le cœur est le cadran d'une vie et bat l'heure,
En dépit du mortel que sa chimère leurre

Il arrête au mépris de l'année ou du temps,
Chaque jour qui décline hâte le cours des ans

Les jours passent, chaos de heurts et de névroses....
Hélas ! plus ils sont noirs, mieux ils semblent vaincus,
Et l'homme, au lendemain, de les avoir vécus
.Vit du songe au réel....brusques métamorphoses.
Les jours passent, chaos de heurts et de névroses.

Vox Patria !

Ah ! Que ne puis-je au moins vous dépeindre les maux
De ces êtres qu'un jour Dieu fit naître poètes !...
Trop longtemps sans égards aux souffrances muettes,
Vous daigneriez enfin les comprendre en des mots !

Satyre !...Inspire-moi de nobles épithètes !
Il est de sans vergogne et coupables bourreaux
Qui raillent jusqu'aux pleurs ! d'un mot qui les souf-
[flettes
O Muse me fait don !....Vois ! Tant de froids tom-
[beaux !....
Tant d'autres qui sont morts en de vaines détresses !
Leurs voix ne vibrent plus de mortelles ivresses,
Ils dorment l'éternel sommeil des noirs oublis !

Ecoute mon pays ceux qui chantent leurs peines,
Ceux hélas trop souvent de dédains avilis,
Ecoute...et dis enfin : *Peuple !..Brise leurs chaînes !..*

FIN DU PREMIER VOLUME

TABLE DES MATIÈRES

IMPRESSIONS POÉTIQUES

ERRATA

Page 32, LACHINE—dernière ligne ; le lecteur devra lire :

Armés du tomahawk et la lèvre *haineuse*.

Page 46, RÊVE—dernier quatrain, 2ème ligne ; on devra lire :

Et le cœur troublé chante un amour éternel.

www.ingramcontent.com/pod-product-compliance
Lightning Source LLC
Chambersburg PA
CBHW060440260626
47161CB00005B/2004